Lösungen zu den Fragen der Lese-Rallyes findest du auf Seite 48.

Das Nachwort für Eltern schließt sich hieran an.

Bibliografische Information der Deutschen Nationalbibliothek
Die Deutsche Nationalbibliothek verzeichnet diese Publikation in der Deutschen Nationalbibliografie; detaillierte bibliografische Daten sind im Internet über http://dnb.d-nb.de abrufbar.

Dieses Werk folgt der neuesten Rechtschreibung und Zeichensetzung.

Auflage 3 2 1 | 2012 2011 2010
Die letzten Zahlen bezeichnen jeweils die Auflage und das Jahr des letzten Druckes.

www.diekleinenlesedrachen.de
Gruner + Jahr AG & Co KG, Hamburg
GEOlino ist eine Marke der Gruner + Jahr AG & Co KG
Teamleiterin Lernhilfen Grundschule: Susanne Schulz
Konzeption: Salomé Dick, Berlin
Redaktion: Jette Maasch
Umschlaggestaltung und Layout: Sabine Krohberger Grafikdesign, München
Umschlagillustration: Pia Eisenbarth, Schwabenheim
Leitfiguren Drachen: Thomas Thiemeyer, Stuttgart
Satz: Noch & Noch GbR, Menden
Druck: G. Canale & C. S.p.A., Turin
Printed in Italy
ISBN 978-3-12-949019-8

DIE KLEINEN LESEDRACHEN

Ärger auf dem Reiterhof

Ellen Ruten
mit Bildern von Pia Eisenbarth

3. Schuljahr

Klett Lerntraining

Die Überraschung

Geschafft! Heute war der letzte Schultag. Melina lässt ihre Tasche in die Ecke fallen. Morgen fangen die großen Ferien an, aber so richtig freuen kann sie sich nicht.

Ihre beiden besten Freundinnen fahren gemeinsam auf einen Reiterhof an die Nordsee. Das Mädchen mit dem blonden Zopf weiß gar nicht, was sie so lang alleine machen soll. Sie wäre so gerne mitgefahren. Denn Melinas größter Traum ist es, reiten zu lernen! Aber ihre Eltern haben ihr nicht erlaubt, mit den Freundinnen in die Ferien zu fahren.

Ihre Familie wird in diesem Jahr gar keinen Urlaub machen. Und für den Reiterhof an der Nordsee reicht das Geld ohnehin nicht.

„Das musst du verstehen“, erklärt ihre Mutter. „Schon die Fahrt dorthin ist sehr teuer!“

Melina ist sich nicht sicher, ob das Geld wirklich der Grund ist. Manchmal glaubt sie, ihre Mutter mag gar keine Pferde. Sonst würde Melina schon längst reiten lernen!

Am ersten Ferientag schläft Melina lange. Es gibt ja auch keinen Grund aufzustehen. Sie träumt von Pferden und dem Strand an der Nordsee.

Plötzlich steht ihre Mutter
im Zimmer.
„Guten Morgen, Melina,
willst du nicht aufstehen?
Komm in die Küche,
ich muss mit dir reden!“
Aber Melina hat gar
keine Lust. Sie verzieht
das Gesicht. Wahrscheinlich
soll sie nun auch noch
einkaufen gehen! Sie
steht ganz langsam auf,
schlüpft in die Jeans von gestern und greift
nach einem rosafarbenen T-Shirt. Dann
schlurft sie in die Küche.
„Was ist denn los?“, fragt sie missmutig.

Aber ihre Mutter hat eine Überraschung für
sie. Sie rückt ihre Brille zurecht und fragt:
„Sag mal, hast du immer noch Lust, reiten zu
lernen? Dann sollten wir morgen mal auf den
Lindenhof fahren!“

Melina ist sprachlos. Natürlich will sie noch reiten lernen! Aber wo ist der Lindenhof?

Ihre Mutter lächelt: „Ich weiß doch, wie gern du mit auf den Reiterhof gefahren wärst." Darum hat ihre Mutter sich in der Gegend umgehört. Gar nicht so weit entfernt gibt es einen kleinen Reitstall, den Lindenhof. Dort gibt es Unterricht für Anfänger. Melina kann ihr Glück gar nicht fassen:
Sie darf auf einen Reiterhof!

Lese-Rallye: Teil 1

Wie heißt der Reiterhof,
den Melinas Mutter entdeckt hat?

- [ ] Eichenhof
- [ ] Heidehof
- [x] Lindenhof

Warum ist Melina nicht
mit an die Nordsee gefahren?

- [ ] weil ihre Mutter keine Pferde mag
- [ ] weil ihre Mutter eine Pferdehaar-Allergie hat
- [x] weil die Fahrt zu teuer ist

Was braucht Melina
in den nächsten Wochen nicht?

- [ ] ihre Haarbürste
- [x] ihre Schultasche
- [ ] ihre Jeanshose

3

Melina träumt von:

- [ ] Seepferdchen.
- [ ] Meerstuten.
- [x] Nordsee-Pferden.

Neue Freunde?

Schon am nächsten Morgen bringt ihre Mutter Melina zum Reiterhof. Auf dem Hof ist alles fremd: Sie kennt keines der Mädchen und alle wirken sehr beschäftigt. Und die Pferde machen ihr plötzlich Angst, sie traut sich gar nicht zu ihnen.

Bis sie ein Pferd am Zaun stehen sieht. Die Schimmelstute hat schöne große Augen und schnaubt ganz freundlich. Auf das Halfter ist ein Name gestickt: Ronja. Melina flüstert: „Hallo Ronja“, und hält der Stute vorsichtig die Hand hin. Ronja schnuppert an Melinas Hand, und die traut sich, ihre Nase zu streicheln.

Da kommt die Reitlehrerin Gabi mit einem schlecht gelaunten Mädchen im Schlepptau: „Hallo, du musst Melina sein. Ich sehe, du freundest dich schon mit Ronja an?"
Und schon zieht die Stute eine Möhre aus Gabis Jackentasche und kaut genüsslich.
Gabi ist eine fröhliche Frau mit lockigen roten Haaren.
Sie sagt lachend: „Ja, bei Ronja musst du aufpassen! Sie ist sehr schlau! Beim Reiten hat sie auch solche Tricks drauf. Beim Ausreiten dreht sie zum Beispiel schon um, bevor es anfängt zu regnen! Sie mag nämlich keinen Regen und ist pünktlich zu Hause, bevor sie nass wird!"

„Das hier ist übrigens Leonie“, stellt die Reitlehrerin das fremde Mädchen mit den kurzen, braunen Haaren vor. „Leonie ist schon lange bei uns und kann dir alles erklären. Nur ihre Unordnung darfst du dir nicht abgucken.“
Leonie guckt beleidigt.
Aber als Gabi weggeht, hat sie keine Wahl.
Widerwillig erklärt Leonie der Neuen alles.
„Hier ist Putzzeug. Ronja mag es, wenn man ihr den Hals bürstet. Die weiche Bürste heißt Kardätsche. Kannst du ja auch mal versuchen“, brummelt sie.

Schon putzt Melina zum ersten Mal ein Pferd!
Vorsichtig streicht sie mit der Kardätsche über Ronjas Hals und dann den Bauch entlang.
Weiter hinten ist Ronja ziemlich dreckig.
„Nimm den Striegel“, kommandiert Leonie.
Melina greift die Bürste mit den Plastiknoppen und versucht vorsichtig, Ronjas Pobacken zu säubern. „Ob das wohl ziept?“, fragt sie sich.
Aber sie traut sich nicht, Leonie zu fragen, die mit abweisendem Gesichtsausdruck daneben steht.

Ronja rührt sich allerdings nicht, also scheint alles in Ordnung zu sein. Als sie rundherum sauber ist, schwitzt Melina ganz schön.
Leonie stört das nicht. Sie sieht nicht so aus, als ob sie helfen will.
Stattdessen gibt sie weitere Anweisungen:
„Du musst die Hufe auskratzen!"
Melina schaut hilflos die Pferdebeine und Hufe an.
Leonie reagiert genervt: „Kannst du das nicht?"
Zaghaft schüttelt Melina den Kopf.
Leonie schiebt sie zur Seite, greift in die Kiste mit dem Putzzeug und angelt nach dem Hufkratzer. „Das ist doch ganz einfach!"

Das Mädchen greift an Ronjas Vorderbein und sagt „Huf" und schon hebt Ronja den Fuß.

Leonie hält ihn fest und kratzt mit dem Hufkratzer den Dreck heraus. Schnell hat sie alle vier Hufe gesäubert und brummt: „Fertig“.

Nachdem die Mädchen das Pferd geputzt haben, zeigt Leonie Melina die Ställe und die anderen Pferde.

„Komm, hier ist der Offenstall. In diesem Stall können sich die Pferde frei bewegen. Sie können drinnen oder draußen stehen, ganz wie sie mögen.“

Sechs Pferde in unterschiedlichen Größen stehen an einer Heuraufe.

„Sind das alles Schulpferde?“

Leonie lacht: „Nein, der Araber doch nicht. Narim ist doch erst zwei Jahre alt!“

Das hat Melina nicht gewusst.

„Sind die anderen auch noch so jung?“, fragt sie vorsichtig.

„Nein, Peppino ist schon achtzehn!“, erklärt Leonie und zeigt auf einen Haflinger.

Melina bewundert seine hübsche lange Mähne. Aber sie sagt lieber nichts mehr.

Leonie zeigt auf das nächste Pferd:
„Das ist Lotte. Sie ist ein Schulpferd."
Lotte ist eine große schwarze Stute mit einem süßen runden Fleck auf der Stirn.
„Neben ihr steht Benno. Bei dem musst du aufpassen!"
„Warum?", fragt Melina schüchtern.
„Er tritt manchmal aus!", belehrt Leonie sie und geht weiter, ohne die anderen beiden Pferde vorzustellen.
Die Mädchen gehen in die Stallgasse mit den Boxen. Sie sind nur halbhoch mit Holz verkleidet und über die Ränder strecken sich neugierige Pferdenasen. Als eine braune Nase in die Richtung der Mädchen schnuppert, zuckt Melina zusammen. Leonie schnaubt verächtlich: „Hast du etwa Angst? Luna beißt doch nicht!"

Sie geht weiter: „Hier, das ist Moppel! Vor dem hast sicher selbst du keine Angst!“
In der Box steht ein geschecktes Pony, das keck unter dem wuscheligen Schopf hervorschaut.
„Ist der süß!“, entfährt es Melina.
Leonie grinst nur und geht zu einer Gruppe laut lachender Mädchen. Sie tragen alle Reithosen und kniehohe karierte Socken. Melina trägt nur eine Jeans und kommt sich vor wie eine Außenseiterin.

Melina fühlt sich nicht wohl auf dem Lindenhof. Leonie ist nicht gerade nett zu ihr. Kein Wunder, dass sie jetzt keine Lust hat, die anderen Mädchen kennenzulernen. Sie schleicht sich lieber wieder zu der Schimmelstute Ronja in den Stall.

Ronja reibt ihre Nase an Melinas Hand. Das Mädchen lächelt: „Du bist sooo weich!“
Sie lässt vorsichtig ihre Hand über Ronjas Hals gleiten. Diese tolle Mähne! Melina streicht Ronjas Haare glatt. Ronja ist wirklich lieb.

Während Melina die Stute krault, kommt Reitlehrerin Gabi um die Ecke: „Hier bist du ja! Hat Leonie dir schon alles gezeigt? Wenn du willst, darfst du heute Nachmittag mit der Anfängergruppe auf den Reitplatz! Du kannst auf Ronja reiten. Die ist ganz brav."

Melina ist begeistert! Sie darf schon heute reiten! Und sogar Ronja! Glücklich läuft sie über den Hof. Da hört sie plötzlich Leonies Stimme aus der Stallgasse: „Die Neue hat ja gar keine Ahnung von Pferden! Wenn ihr wüsstet, wie dumm die ist!"

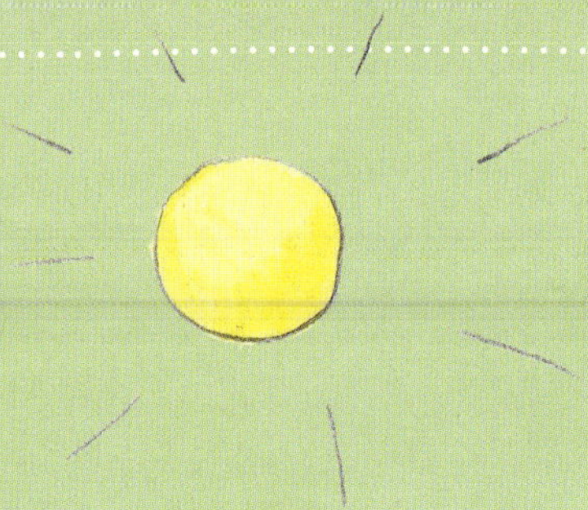

Lese-Rallye: Teil 2

Was ist das Besondere an einem Offenstall?

- [ ] Der Stall ist oben offen.
- [x] Die Pferde können selbst bestimmen, ob sie drinnen oder draußen stehen wollen.
- [ ] Der Offenstall ist eine Box mit einer halboffenen Tür.

Warum kommt sich Melina wie eine Außenseiterin vor?

- [ ] weil sie nicht reiten kann
- [ ] weil Leonie fies zu ihr ist
- [x] weil sie keine Reitklamotten träg

Dürfen schon junge Pferde geritten werden?

- [ ] Ja, Pferde werden von klein auf geritten.
- [ ] Nein, Pferde darf man erst reiten, wenn sie 18 Jahre alt sind.
- [x] Nein, Pferde werden erst mit 3 oder 4 Jahren angeritten.

3

Warum ist das Pony Moppel so klein?

- [ ] weil es als Fohlen nicht genug Haferflocken gefressen hat
- [ ] weil es noch ein Fohlen ist, später wird es mal ein großes Pferd
- [x] weil Ponys immer kleiner sind als Pferde

Der große Schreck

Gabi hilft Melina, Ronja zu satteln.
„Leg den Sattel erst etwas weiter vorne auf den Rücken. Und dann schiebst du ihn langsam zurück in die Sattellage. Genau so.“
Die Reitlehrerin achtet streng darauf, dass Melina Ronja richtig sattelt.
„Zieh die Satteldecke schön gerade. Wenn sie Falten wirft, dann drückt und zwickt es Ronja im Rücken. Du siehst, beim Reiten muss man ordentlich sein.“
Gabi lächelt, so streng ist sie gar nicht. Aber sie hat Recht, Melina will der Schimmelstute ja nicht wehtun.

„Zum Auftrensen greifst du um den Kopf herum. Leg die Trense vorsichtig in das Maul und zieh das Genickstück über die Ohren. Dann kannst du alle Riemen von oben nach unten schließen.“
Gabi passt auf, dass die neue Schülerin alles richtig macht.
„Prima! Du lernst schnell! Und denk daran, so sorgfältig wie eben musst du immer mit deinem Pferd umgehen. Unordnung im Stall ist gefährlich. Dein Pferd könnte sich verletzen, wenn du etwas herumliegen lässt. Und nun nimm die Reitkappe, dann gehen wir auf den Reitplatz. Das wird dir sicher Spaß machen!“
Mit vier anderen Mädchen, die auch erst in diesem Jahr reiten gelernt haben, geht es auf den Reitplatz. Die Sonne scheint Melina ins Gesicht. Ronja trottet ganz brav hinter ihr her und Melina strahlt!

Melina führt
ihr Pferd an die
Aufsteighilfe.
Ein bisschen
mulmig ist ihr schon zumute.
Den Sattelgurt hat sie festgezogen, jetzt soll sie sich auf Ronja schwingen. Doch sie zögert. Da dreht sich Ronja zu ihr um. Melina schaut in die braunen Augen und weiß plötzlich, dass sie keine Angst haben muss.

Sie stellt den linken Fuß in den Bügel, greift nach der vorderen Sattelkante, schwingt das rechte Bein über den Sattel und lässt sich hineingleiten. Melina sitzt das erste Mal auf einem Pferd!

Vorsichtig lenkt sie Ronja auf die Bahn. „Reite einfach hinter Isabell her! Das ist das Mädchen auf Peppino!“, ruft Gabi ihr zu und Melina reiht sich hinter dem Haflinger ein. Na ja, eigentlich reiht sich Ronja ein, die weiß nämlich genau, was sie tun muss.

Ist das aufregend! Melina sitzt auf dem schwankenden Pferd. Oder schwankt Ronja gar nicht? Auf alle Fälle fühlt sich das ganz ungewohnt an. Melina hält sich mit der einen Hand noch vorsichtig in der Mähne fest. In der anderen Hand hat sie den Zügel. Eigentlich braucht sie den gar nicht, denn Ronja läuft brav hinter den anderen Pferden her. Ihre Reiterin fühlt jeden Schritt:
eins – zwei – drei – vier.
Ein tolles Gefühl!

Gabi betrachtet ihre Reitschüler aufmerksam. „Setz dich gerade hin," ermahnt sie Isabelle. Das Mädchen auf dem Haflinger Peppino rutscht sich im Sattel zurecht.
„So ist es besser!"
Zwischendurch schaut sie Melina an:
„Ist alles in Ordnung? Fühlst du dich wohl?"
Melina nickt vorsichtig. Ja, es ist schön, auf Ronja zu reiten. Mutig nimmt sie ihre Hand aus der Mähne und streichelt Ronjas Hals: „Brave Ronja."

Melina beginnt sich zu entspannen und genießt es, auf Ronja zu sitzen. Doch plötzlich scheut die Stute und schlägt einen Haken! Melina schreit auf und krallt sich am Sattel fest. Plötzlich kracht der dicke Ast einer Kastanie direkt auf den Reitplatz. Genau an dieser Stelle standen Ronja und Melina eben noch! Ronja hat die Gefahr gespürt und sie beide gerettet.

Erleichtert fällt Melina Ronja um den Hals! Sie wusste, dass die kleine Stute etwas ganz Besonderes ist. Sofort wird sie von der ganzen Gruppe umringt: „Ronja ist die Beste!", „Sie mag dich! Ronja hat dich gerettet!" Melina wird fast schwindelig vor lauter Trubel. So bemerkt sie gar nicht, dass Leonie nicht dabei ist.

Leonie steht bei den Ställen. Sie hat alles genau beobachtet und verzieht jetzt das Gesicht: „So ein Blödsinn. Ronja mag nur mich wirklich gerne! Die Neue hatte einfach nur Glück!“

Verärgert geht sie zurück in den Stall. Sie greift nach dem schönen hellblauen Halfter und lässt es wütend in die große Pfütze neben dem Putzplatz fallen.
„Die Neue wird sich noch wundern!“

Melina sitzt immer noch strahlend auf Ronja. An eine Reitstunde ist nach dieser Aufregung nicht mehr zu denken.

Gabi sagt: „Ich glaube, ihr könnt euch alle nicht mehr konzentrieren. Stellt euch mal in der Mitte auf, immer schön nebeneinander, und dann sitzt ihr ab.“

Melina beobachtet, wie die anderen Mädchen ihre Pferde aufstellen und reiht Ronja ein. Absitzen ist ganz einfach. Sie holt mit beiden Füßen Schwung und springt vom Pferd. Als sie neben Ronja steht, drückt sie sich an ihren Hals: „Auf deinem Rücken ist es ganz schön hoch! Gut, dass ich nicht heruntergefallen bin! Du hast so toll auf mich aufgepasst!“ Die Stute scheint sie zu verstehen und schnaubt.

Gabi schüttelt sich die roten Haare aus dem Gesicht und greift nach Ronjas Halfter.
„Wir nehmen den Sattel herunter und du kannst Ronja noch ein bisschen führen. Nach der ganzen Aufregung tut den Pferden ein bisschen Bewegung gut."

Melina stellt sich neben Ronja und löst den Sattelgurt. Dann zieht sie den Sattel vorsichtig herunter und legt ihn auf den Zaun. Nun kann sie Ronja nehmen und mit ihr laufen.
„Komm, meine Süße", flüstert sie und das Pferd setzt sich gleich in Bewegung.
Vor und hinter ihr laufen die anderen Mädchen mit ihren Pferden. Melina hört sie tuscheln: „Ronja mag die Neue!" – „Ich glaube, sie ist doch ganz nett!" – „Vielleicht möchte sie nachher mit uns ein Eis essen!"
Melina ist glücklich.

Nach einer Weile kommt Gabi auf sie zu:
„So, wir bringen die Pferde zurück. Ich helfe dir.
Ich weiß nicht, wo Leonie schon wieder steckt!"
Gabi streicht über Ronjas Hals.
„Du hattest Glück, dass du heute noch Ronja
reiten konntest. Ab morgen gehört sie nicht
mehr zum Reitbetrieb. Sie wird verkauft."
Melina starrt ihre Reitlehrerin sprachlos an.
Ihre Ronja? Verkauft? Für das Mädchen bricht
eine Welt zusammen.

Lese-Rallye: Teil 3

Wieso steigt Melina nach kurzem Zögern doch auf?

- [ ] Sie ist durch Ronjas Augen hypnotisiert.
- [ ] Sie weiß, dass Tiere mit braunen Augen immer brav sind.
- [x] Sie vertraut Ronja.

1

2

Warum scheut Ronja?

- [ ] Ronja hat Angst vor Bäumen.
- [x] Ronja ahnt, dass ein Ast herunterfallen wird.
- [ ] Melina hat mit den Beinen zu stark in den Pferdebauch gedrückt.

Warum ist Leonie sauer?

- [x] weil sie eifersüchtig auf Melina ist
- [ ] weil sie nicht mitreiten durfte
- [ ] weil sie eifersüchtig auf die anderen Mädchen ist

3

Wie heißt ein kleiner weißer Fleck auf der Pferdestirn?

- [ ] Mond
- [x] Stern
- [ ] Schnuppe

Die Notlüge

Melina ist so traurig, dass sie mit hängendem Kopf hinter Gabi hertrottet. So hört sie auch gar nicht richtig zu, als Gabi ihr noch einmal zeigt, wie man Ronjas Hufe auskratzt: „Das ist sehr wichtig. Wenn sich dein Pferd einen Stein in den Huf getreten hat, dann tut ihm das weh!“

Gabi kratzt den letzten Huf aus und tritt aus der Box. Da entdeckt sie das blaue Halfter. „Was ist denn hier los! Wer hat das Halfter einfach im Dreck liegen lassen? Das war doch bestimmt schon wieder Leonie. Dauernd ist sie so schlampig!“

Gabi ist zornig. Sie hat schon einen ganz roten Kopf und die Locken hüpfen auf und ab. Melina weiß gar nicht, was sie sagen soll. Mit ihren Gedanken ist sie ganz woanders. Sie will Ronja nicht verlieren! Sie mag die Schimmelstute doch jetzt schon so gern!

Doch Gabi kocht jetzt vor Wut und schimpft laut weiter: „Jetzt hat sie das Fass zum Überlaufen gebracht. Leonie kann sich einen anderen Reitstall suchen."

Da erschrickt Melina. Leonie muss gehen? Auch wenn sie nicht besonders nett zu ihr ist – das wäre doch eine zu große Strafe. Ohne weiter darüber nachzudenken stammelt sie: „Äh, du, Gabi, ich habe das Halfter fallen lassen. Ich wollte es später aufräumen und …" Die Reitlehrerin sieht sie ungläubig an, poltert dann aber gleich wieder los: „Die Ordnung im Stall ist wichtig für die Sicherheit der Reiter und der Pferde, das kann doch nicht so schwer sein!"

Während sie so schimpft, sieht auch Ronja ganz unglücklich aus. Ob die hübsche Stute weiß, wie gefährlich herumliegende Sachen sein können? Gabi kann sich gar nicht beruhigen: „Wer keine Ordnung halten kann, hat hier nichts verloren!"

Zerknirscht sagt Melina: „Es tut mir leid, Gabi! Ich war so aufgeregt wegen der ersten Reitstunde. Ich habe einfach nicht aufgepasst." Melina streicht sich verlegen eine blonde Strähne aus dem Gesicht und traut sich kaum, Gabi in die Augen zu sehen.
„Na ja", Gabi brummelt versöhnlich, „du bist ja auch ganz neu. In Zukunft musst du aber darauf achten!"
Melina atmet auf. Glück gehabt!

„Komm jetzt", ermahnt Gabi Melina. „Pass wenigstens auf, wie man das Sattelzeug richtig aufräumt. Ich will nicht, dass hier morgen wieder alles herumliegt!"

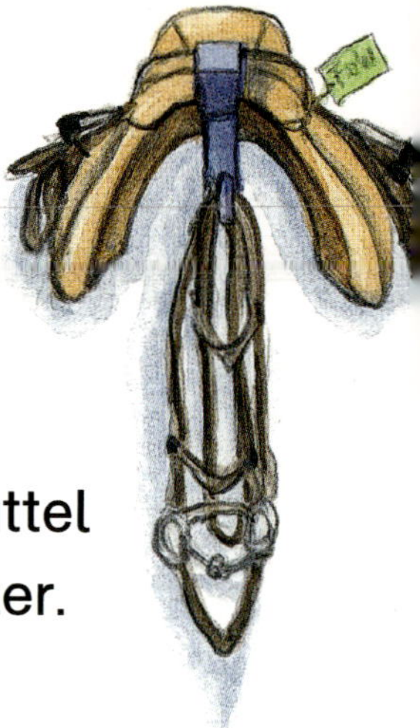

Melina folgt der Reitlehrerin in die Sattelkammer. Hier liegen etwa 20 Sättel und an jedem hängt ein kleines Namensschild. Unter dem Sattel ist Platz für die Trense und das Halfter. Ronjas Halfter behält Gabi bei sich. „Das muss erst gewaschen werden.“ Sie geht hinaus, um das Halfter ins Haus zu bringen.
Plötzlich kommt Leonie hinter der Stalltür hervor. Dort hat sie alles mit angehört. „Oh, Melina!“ Leonie weiß gar nicht, was sie sagen soll. „Das war sehr lieb von dir! Ich hätte das nicht machen sollen. Es tut mir leid! Ich war so eifersüchtig und so gemein …“
Melina muss grinsen. Leonie ist plötzlich so kleinlaut. Dann hält sie ihr die Hand hin: „He, es ist in Ordnung, ja? Wollen wir uns vertragen? Es ist ja alles noch mal gut gegangen! Und Gabi hat sich auch wieder beruhigt.“
Erleichtert nimmt Leonie ihre Hand: „Danke! Und weißt du was, du bist voll in Ordnung!

Hast du Lust, mit mir und den anderen Mädchen nachher ein Eis essen zu gehen?“
„Aber sicher!“, freut sich Melina.

Sie ist erleichtert, dass Leonie jetzt netter zu ihr ist. Trotzdem muss sie immer wieder an Ronja denken. Sie hat die hübsche Stute schon richtig ins Herz geschlossen und will nicht, dass sie verkauft wird.

Lese-Rallye: Teil 4

Wo hängt der Sattel?

- [x] in der Sattelkammer
- [ ] im Offenstall
- [ ] in der Stallgasse

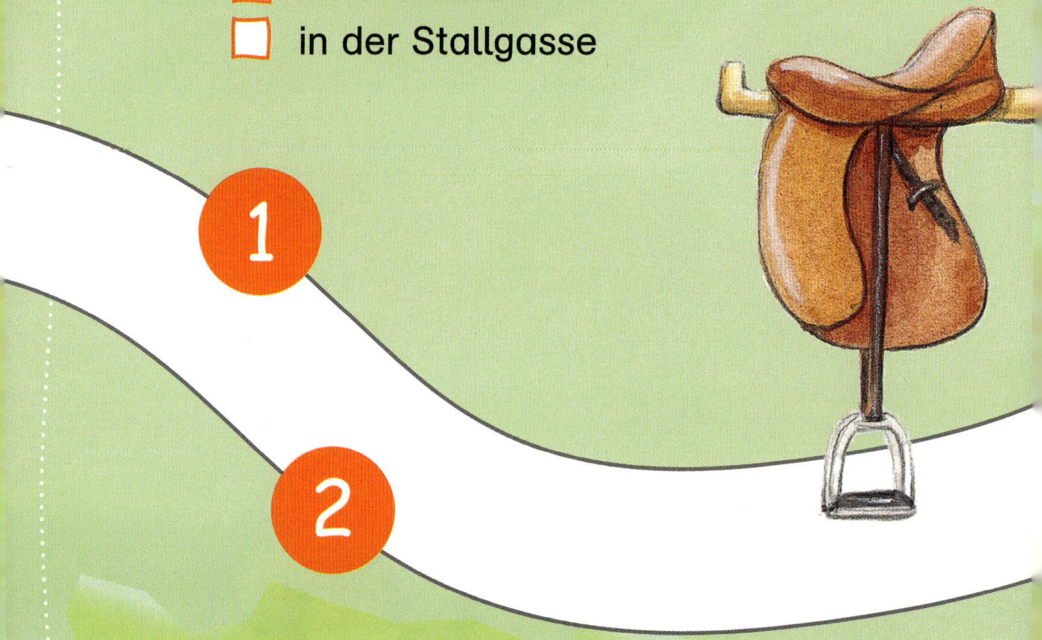

Warum ist Leonie so kleinlaut?

- [ ] weil sie von Gabi ausgeschimpft wird
- [ ] weil Melina sie anschreit
- [x] weil sie einen Fehler gemacht hat

Weshalb verdächtigt Gabi Leonie?

- [x] weil Leonie schon oft unordentlich war
- [ ] weil Leonie das hellblaue Halfter nicht mag
- [ ] weil Gabi Leonie nicht leiden kann

3

Welche Tiere kann man nicht satteln und reiten?

- [ ] Elefanten
- [x] Schildkröten
- [ ] Kamele

Fast ein eigenes Pferd

Melina schläft nicht gut. Sie denkt die ganze Nacht an den Lindenhof. So viele Sachen gehen ihr durch den Kopf: die Reitstunde, die anderen Mädchen und immer wieder Ronja! Die weiche Nase, die hübsche lange Mähne und diese klugen Augen! Sie kann nicht begreifen, dass ihr Lieblingspferd verkauft werden soll.

Am nächsten Morgen ist sie viel zu müde zum Aufstehen. Aber sie will unbedingt gleich zu Ronja. Schließlich muss sie sich noch verabschieden. Schnell rennt sie in die Küche.
„Mama, kannst du mich zum Lindenhof bringen?“
Ihre Mutter schüttelt verwundert den Kopf.
„Du hast es vielleicht eilig. Frühstücken musst du aber schon noch. Dann fahren wir gleich los.“
So schnell hat Melina ihr Müsli noch nie gegessen. Sie ist froh, als sie endlich im Auto sitzen.

Auf dem Hof angekommen, geht sie gleich zur Weide und sucht Ronja, um sie zum Abschied noch mal ausgiebig zu streicheln. Die Stute scheint zu ahnen, dass etwas nicht stimmt. Sie kommt Melina entgegen getrabt.

Traurig drückt Melina ihr Gesicht in die weiche Mähne und flüstert: „Ich will, dass du hierbleibst!“ Sie hat Tränen in den Augen. Plötzlich ertönt eine Stimme hinter ihr: „Melina? Was ist denn los?“
Leonie steht mit großen Augen hinter ihr. Sie begreift gar nicht, was passiert ist.
Melina schluchzt: „Ronja, ich will nicht, dass sie weggeht! Ich mag sie so gern!“
Melina ist völlig aufgelöst und ihre neue Freundin erschrickt. Dabei hat sie doch gute Nachrichten!
„Ich habe eine Überraschung für dich: Ronja bleibt hier! Sie gehört mir. Mein Papa hat sie gekauft.“

„Was?“, Melina ist sprachlos.
Leonie plappert aufgeregt los: „Ich habe das auch nicht gewusst! Ich habe doch heute Geburtstag! Mein Papa hat Ronja gekauft, weil sie mein Lieblingspferd ist! Er hat sie mir gerade eben erst geschenkt! Ich wollte gleich zu Ronja ... Du musst doch nicht weinen ...“
Melina lächelt ein wenig verwirrt: „Ronja ist dein Pferd? Ja, dann ist ja alles gut, oder?“
„Ja, alles wird gut! Ronja bleibt hier! Du kannst sie so oft sehen, wie du willst!“

Melina kann es kaum glauben. Sie war so traurig – und nun das! Sie wischt die Tränen aus dem Gesicht und lächelt Leonie an. Fast hätte sie dabei ganz vergessen, dass diese Geburtstag hat: „Du, äh, ich wünsche dir natürlich alles Gute!
Herzlichen Glückwunsch!“
Die beiden Mädchen umarmen sich.

„Du, Melina“, Leonie sieht etwas verlegen aus, „ich bin so froh, dass du mir gestern geholfen hast! Ohne dich wäre ich gar nicht mehr hier! Ich glaube nicht, dass mein Papa mir Ronja geschenkt hätte, wenn ich hier Stallverbot bekommen hätte.“
Das ist wahr. Leonie hat es Melina zu verdanken, dass sie mit der Stute bei Gabi auf dem Hof bleiben darf! Aber Melina ist auch froh, dass Leonie und Ronja bleiben können: „So bleibt ihr beide hier! Das ist doch prima!“
Die Mädchen lachen und die Schimmelstute schnaubt vergnügt. Ob sie wohl spürt, dass heute ein ganz besonderer Tag ist? Aber für ein Geburtstags-Pferd ist sie eigentlich viel zu dreckig.
Melina sieht das schmutzige Pferd an und schlägt der Freundin vor, ihr beim Putzen zu helfen. Die Mädchen führen Ronja auf den Putzplatz.
„Möchtest du anfangen?“, fragt Leonie.
„Du hast das gestern richtig gut gemacht!“

Melina lacht: „Ja, aber beim Hufe auskratzen habe ich nicht aufgepasst. Da musst du mir helfen."
„Kein Problem!", schmunzelt Leonie.
„Sag mal, hast du nicht Lust, mir öfter zu helfen? Ronja mag dich und zu zweit macht das noch mehr Spaß!"
Nun ist Melina schon wieder überrascht.
Natürlich hat sie Lust!

Melina ist glücklich. Besser kann es nun eigentlich nicht mehr kommen.

Da hat Leonie noch eine Idee: „Wenn ich keine Zeit habe, willst du dann Ronja auch reiten? Manchmal habe ich ja länger Schule. Nicht, dass Ronja sich dann langweilt!"

„Ja, gern!", ruft Melina.

Etwas Schöneres kann sie sich wirklich nicht vorstellen! Nun strahlt sie über das ganze Gesicht.

„Du musst natürlich Unterricht bei Gabi nehmen, damit du richtig reiten lernst", fügt Leonie hinzu.

„Natürlich", versichert Melina.

Sie will so schnell wie möglich alles lernen und viel Zeit im Stall und auf dem Reitplatz verbringen.

Schon träumt sie von ihrem ersten Ausritt mit der Schimmelstute Ronja.

Na, wenn das keine tollen Ferien sind: Melina hat eine neue Freundin und fast ein eigenes Pferd!

Lese-Rallye: Teil 5

Warum war Melina so traurig?

- [ ] Sie dachte, Leonie verlässt den Hof.
- [x] Sie dachte, Ronja verlässt den Hof.
- [ ] Sie darf nicht mehr reiten.

Bei wem soll Melina jetzt reiten lernen?

- [ ] bei Leonie
- [ ] bei den anderen Mädchen
- [x] bei Gabi

Wobei hat Melina nicht aufgepasst?

☒ beim Hufe auskratzen
☐ beim Satteln
☐ beim Putzen

Warum wird ein weißes Pferd Schimmel genannt?

☒ weil es gerne Schimmelkäse isst
☐ weil sein Fell bei Regen anfängt zu schimmeln
☐ weil sein Fell weiß schimmert

Lösungen

Lese-Rallye: Teil 1

1. Lindenhof
2. weil die Fahrt zu teuer ist
3. ihre Schultasche

Nordsee-Pferden

Lese-Rallye: Teil 2

1. Die Pferde können selbst bestimmen, ob sie drinnen oder draußen stehen wollen.
2. weil sie keine Reitklamotten trägt
3. Nein, Pferde werden erst mit 3 oder 4 Jahren angeritten.

weil Ponys immer kleiner sind als Pferde

Lese-Rallye: Teil 3

1. Sie vertraut Ronja.
2. Ronja ahnt, dass ein Ast herunterfallen wird.
3. weil sie eifersüchtig auf Melina ist

Stern

Lese-Rallye: Teil 4

1. in der Sattelkammer
2. weil sie einen Fehler gemacht hat
3. weil Leonie schon oft unordentlich war

Schildkröten

Lese-Rallye: Teil 5

1. Sie dachte, Ronja verlässt den Hof.
2. bei Gabi
3. beim Hufe auskratzen

weil sein Fell weiß schimmert

Die kleinen Lesedrachen – Lesen lernen mit dem Schulbuchprofi.

Mit Sachwissen-Poster von GEOlino

1. Schuljahr
für Leseanfänger:

- kurze, gegliederte Zeilen
- extra große Fibelschrift
- hoher Bildanteil

2. Schuljahr
für Erstleser:

- längere Zeilen
- große Fibelschrift
- viele Bilder

3. Schuljahr
für fortgeschrittene Leser:

- längere Texte
- Fibelschrift
- textbegleitende Bilder

Die kleinen Lerndrachen – Lernen mit System

üben

Übungsbücher mit dem kompletten Stoff eines Fachs pro Schuljahr.

nachschlagen

Der komplette Stoff der Grundschulzeit zum Nachschlagen plus zahlreiche Übungen auf CD-ROM.

testen

Testblock: Zahlreiche Testaufgaben mit Quizcharakter plus Lösungen und ausführlicher Auswertung.

Liebe Eltern,

Sie haben sich für ein Buch der **kleinen Lesedrachen** entschieden. Eine gute Wahl, denn mit diesen Erstlesebüchern des Schulbuchprofis Klett unterstützen Sie optimal den Leselern-Prozess Ihres Kindes.
Lesen als Basiskompetenz muss immer wieder trainiert und gefördert werden, damit Ihr Kind zu einem selbstbewussten und kompetenten Leser wird. Dabei darf es jedoch weder überfordert noch abgeschreckt werden.
Die kleinen Lesedrachen bieten Ihrem Kind eine motivierende Rundum-Leseförderung: **Lesen – Verstehen – Wissen und Handeln.** Ihr Kind erfährt durch Erfolgserlebnisse Lesen positiv und anregend und wird so zunehmend zum Lesen verführt.

LESEN

Die spannenden Geschichten der kleinen Lesedrachen fördern die Leselust:

- Geschichten und Themen entsprechen den Interessen und Vorlieben der Kinder.
- Kindgerechte Illustrationen unterstützen und ergänzen den Text.
- Verschiedene Lesestufen bieten den passenden Lesestoff für Leseanfänger bis zum fortgeschrittenen Leser.

Lesestufen

3. Schuljahr **für fortgeschrittene Leser**
längere Texte, Fibelschrift, textbegleitende Bilder, komplexe Geschichten, 48 Seiten

2. Schuljahr **für Erstleser**
längere Textabschnitte, längere Zeilen, große Fibelschrift, viele Bilder, komplexere Geschichten, 32 Seiten

1. Schuljahr **für Leseanfänger**
kurze Textabschnitte, kurze – nach Sinnabschnitten – gegliederte Zeilen, extra große Fibelschrift, hoher Bildanteil, einfache, klar strukturierte Geschichten, 32 Seiten

Erfolgserlebnis: Ich kann lesen!

Das Lesen eines ganzen Kapitels, gar eines ganzen Buches macht Ihr Kind stolz. Dabei können die beschriebenen Lesestufen nur ein Anhaltspunkt sein. Wichtig ist, Ihr Kind nicht zu überfordern und es – eventuell auch mit einem Buch einer niedrigeren Lesestufe – zum Lesen zu motivieren.